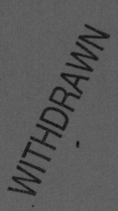

¡VUELA, SUPERMOSCA, VUELA!

Tedd Arnold

Beascoa

Para Christene
—T.A.

Copyright © 2008, Tedd Arnold

Título original: *Fly high, Fly Guy!*

© 2009, Beascoa, Random House Mondadori, S.A.
Travessera de Gràcia, 47-49. 08021 Barcelona

Publicado por acuerdo con Scholastic Inc., 557 Broadway, New York, NY 10012, USA
La negociación de este libro se llevó a cabo a través de Ute Körner Literary Agent, S.L.,
Barcelona-www.uklitag.com

Primera edición: marzo de 2009

Traducción: Iolanda Batallé Prats

ISBN: 978-84-488-2845-5

Depósito legal: B-5169-2009
Impreso en España
Imprenta:Gramagraf Sccl.
Encuadernación: Baró S.XXI

Un niño tiene una mascota.
Se llama Supermosca.
Supermosca sabe decir el
nombre del niño:

¡GUZZ!

Capítulo 1

Un día Gus dice:
—¡Nos vamos
de viaje!

Supermosca también quiere ir.
—Es demasiado pequeña
—afirma la madre de Gus—.
Se perderá.

—Lo siento —añade el padre—.
Supermosca se queda en casa.

Cierra el maletero.

—¡Venga, nos vamos!

La familia recorre kilómetros

y kilómetros en el coche.

Paran para comer.
La madre abre el maletero.
Supermosca sale volando.

El padre pregunta:
—¿Cómo ha entrado aquí?

—Cuidado, que no se nos pierda —exclaman la madre y el padre—. ¡Ahora, a comer!

Capítulo 2

Conducen en dirección
a la playa.

Y más tarde llega la hora de marcharse. La madre y el padre preguntan:

—¿Se ha perdido Supermosca?

—No —responde Gus—.
¡Está aquí!

Conducen hacia
el Museo de Arte.

Y de nuevo llega la hora de marcharse.

La madre y el padre preguntan:

—¿Se ha perdido Supermosca?

—No —responde Gus—.
¡Está aquí!

Y conducen hacia
el parque de atracciones.

Y otra vez llega la hora de marcharse. La madre y el padre preguntan:

—¿Se ha perdido Supermosca?

—No —responde Gus—.
¡Está aquí!

Capítulo 3

—Hora de volver a casa—
dice la madre.
—¡Todos al coche!—
añade el padre.

Conducen

y conducen   y conducen

y conducen   y conducen

y conducen   y conducen

y conducen

y conducen

y conducen

y conducen

y conducen

y conducen

Pero no llegan a casa.

—Nos hemos perdido —se lamentan la madre y el padre.

Gus y Supermosca tienen
una idea.
Gus le propone:
—¡Vuela, Supermosca, vuela!

Y Supermosca vuela y vuela.
Y utiliza los superojos de
Supermosca para encontrar
su casa.

Supermosca

encuentra el camino.

—Gracias, Supermosca —dicen la madre y el padre—. Nos has salvado. ¡Bravo, Supermosca!